騎在貓背上的勇士

張秋生 著

新雅文化事業有限公司
www.sunya.com.hk

魔法爺爺寫給小朋友的話

美麗而神奇的童話城堡在哪裏?

它不在風景如畫的河岸上,不在羣峯對峙的懸崖上;它不在翠綠幽深的密林裏,也不在一望無際的沙漠和草原上。

美麗而神奇的童話城堡在哪裏?

在清晨和黃昏的閱讀中,在漆黑夜晚的夢境裏,它會時時出現在你的眼前,悄悄矗立在你的心坎裏。你奇幻的想像,美好的憧憬,真摯的情感陪伴着它。那裏面藏着神奇的故事,有趣的人物,藏着真善美,藏着你的驚歎、熱愛和悲歡,

它是你心中充滿激情的一角……

　　美麗而神奇的童話城堡在哪裏？

　　它在每一個純真孩子的心靈裏……

　　現在，就讓我們打開手中的書本，進入這個

快樂而有趣的城堡吧！

張秋生

目錄

一位八爪魚先生

你見過章魚嗎？

章魚是海洋中的機靈鬼，牠有八隻「腕足」，也可以叫作「腕手」，因為它們既可以當手用，也可以當腳用，所以人們把章魚稱作「八爪魚」。

八爪魚好像是沒有身子的，牠的八隻腕足直接長在頭部，或者說是長在嘴巴周圍，牠是屬於軟體動物的頭足類。

你想想，整個身子就是一個大腦

袋，夠聰明的吧；腦袋邊上還有八隻又當手又當腳的爪子在舞動，夠靈活的吧——要知道人才不過只有兩隻手呀。

再說，八爪魚還有一種特殊的本領呢！

牠們平時生活在海裏，但在自己的套膜中儲存些海水，便可以利用腕足上岸「旅行」，時間可長達幾個小時之久。有人見過章魚在岸上跑，說牠一分鐘能跑七米遠呢。

有一位外國動物學家說過這樣一件有趣的事：有一條章魚竟然從養着牠的水族館中出逃，牠爬到水池的頂蓋上，下到地板，爬過晾台，向着大海逃逸。

牠的出逃竟然獲得成功。你能不驚歎牠的聰明、靈活和驚人的毅力嗎？

我在這裏向大家講一條八爪魚的故事。由於這條八爪魚是童話中的角色，又是一個小伙子，所以我們對這位先生的稱呼應該是「他」，而不是「牠」了。

正因為這是一條童話中的八爪魚，所以他要比海洋中的同類，更有能耐。

這條八爪魚和傳說中的兇猛如惡煞的八爪魚不同，他是一條夠聰明、夠靈活、也夠善良的八爪魚。他富有同情心，助人為樂，勇敢頑強，多才多藝，活潑可愛……

總而言之，這是一條非常討人喜歡的八爪魚。

也許你會說，幹嗎往他頭上加那麼多美好的形容詞啊？我想，你讀了有關

他的有趣故事以後，就不會認為我的形容過分了。

說不定你會想，要是我也有這樣一位朋友該多棒！

要知道，這位八爪魚先生也想和你交朋友呢。伸出手來吧，他可以同時和你們中間的八位朋友握手呢。

我們還是一起來讀讀這位八爪魚先生的故事吧——

捅煙囱帶來的麻煩

　　有一條八爪魚，他是住在海裏的一個自由自在的小伙子。閒時，他也愛到岸上走走。他有八隻細長的手臂，走得很快。別看他腦袋挺大，動作還是挺靈活的。

　　這天，八爪魚又爬上了岸，在岸邊的一塊岩石上曬太陽。岩石對面是海狸嬸嬸的小屋子，屋子有尖尖的房頂，房頂上還有個高高的小煙囱。奇怪的是，小煙囱並不冒煙，而門口、窗口卻直往外冒煙。

別是屋子裏着火了吧？八爪魚想去看個究竟。他剛走到門口，海狸嬸嬸咳嗽着跑了出來。

原來，海狸嬸嬸家的煙囪好久沒捅了，煙囪讓煙灰給堵住了，所以煙出不去。八爪魚想問問海狸嬸嬸為什麼不捅捅煙囪，但他突然閉住了嘴。他想起來，海狸嬸嬸的丈夫，去年在海邊游泳時，被一條大烏賊給抓走了，準是沒人幫她清理煙囪。

八爪魚同情地説：「我幫你捅煙囪吧！」

海狸嬸嬸喜出望外地説：「這太好了！」

八爪魚找了根棍子，鑽進爐膛。煙囪裏的灰多極了，一捅就嘩啦嘩啦落下

來，濺了八爪魚一身。煙囪捅完了，八爪魚渾身烏黑，趕快跑出屋子，想透一口氣。門外的新鮮空氣，讓他重重地打個噴嚏：「啊——嚏！」

就在這時，噼啪！一根棍子落在他的頭上。「哎喲，別打我！」八爪魚叫了起來。

「打你這個膽敢上岸的烏賊！」

「哎喲，我不是……」

「還說不是，我打你這烏漆墨黑的東西！」

「快住手！」海狸大嬸提着一桶清水跑了出來。

原來，打八爪魚的是海龜奶奶，她拄着拐棍來看望海狸嬸嬸，看見屋子裏跑出個烏黑的東西，以為是烏賊呢，就給了他一拐棍。

海狸嬸嬸提起水桶，給八爪魚從頭到腳沖洗了一下。

海龜奶奶一看，原來是好心的八爪魚，說：「小八爪魚，你今天怎麼長了兩個腦袋？」

八爪魚哭着說：「海龜奶奶，我這個多出來的腦袋是您給的！」

「別哭，是奶奶不好，老眼昏花，真抱歉！」海龜奶奶說。

「怪我，是我讓八爪魚幫我捅煙囪的，讓海龜奶奶誤會了。」海狸嬸嬸說。

　　「不，不怪你，也不怪奶奶，怪壞蛋烏賊。」八爪魚說，「下次我還要來幫海狸嬸嬸捅煙囪，變成三個腦袋我也不怕！」

15

精彩而糟糕的雜技表演

鼴鼠先生在海邊開了一家小餐館。

他想了半天也想不出一個合適的名字，就把餐館叫作「無名餐館」。

那一天，鼴鼠先生的兒子正在無名餐館前練習用鼻子頂竹竿。小鼴鼠想當個雜技演員，可他頂不了多久，竹竿就會倒下來。

坐在海邊岩石上看熱鬧的小八爪魚笑了起來。小鼴鼠有點生氣，說：「你別

笑我，有本領你來試試！」

「我來試試？當然可以。可是我不想頂竹竿，我想露露我最拿手的節目給你看。」八爪魚走到餐館前，說，「有盤子嗎？我可以表演扔盤子。」

「有。」小鼴鼠從餐館裏捧出一大摞瓷盤，說：「來，請露一手。」

「行！」八爪魚說完，就扔起一個個瓷盤。八隻手臂上下左右揮動着，盤子在他的面前不斷地飛起又落下。一隻隻盤子，變成了一道道白光，一道道白光連成一條條白線，看得小鼴鼠傻眼了。

「扔快點，再快點，真棒！」小鼴鼠快樂地呼喊着。

八爪魚更來勁了，他被一道道白光

17

包圍了。

　　精彩的雜技表演吸引來許多觀眾，海狸、兔子、青蛙、刺蝟、河馬，還有鴨子都熱烈地鼓掌。

　　「好！好！」大夥連聲吆喝着，八爪魚越扔越興奮。

　　一隻小飛蛾，也被吸引過來。這隻小飛蛾，有點近視眼。她看不清這些盤子是怎麼

被扔起又被接住的。她越飛越近，一不小心就飛進了八爪魚的胳肢窩。

要知道，八爪魚有八隻手臂就有八個胳肢窩，小蟲太容易飛進去了。再說，可憐的八爪魚，他最怕被人撓癢癢。小飛蛾在八爪魚的胳肢窩裏，驚慌得直扇翅膀，八爪魚癢癢得要命。

「咯咯咯，哈哈哈！」八爪魚一邊笑，一邊全身抽動起來。

乒乓乓，乓乓乓……一隻隻瓷盤落地，發出了一聲聲清脆的響聲。轉眼間，瓷盤全部落地，變成了一堆碎片。

鼴鼠老闆從店裏衝了出來，看着滿地的盤子碎片，慘叫了一聲：「天哪，我明天拿什麼招待顧客？」

無名餐館有了名

第二天，無名餐館的老闆鼴鼠先生，按照慣例，一大早就起牀了。

穿好衣服洗好臉，鼴鼠先生才想起來，昨天八爪魚表演雜技，把他店裏的瓷盤全砸了，今天拿什麼來盛菜，招待顧客呢？

鼴鼠先生歎了一口氣，拿出毛筆，在紙上寫了幾個字：由於盤子全部打碎，本店暫停營業一天。

鼴鼠先生打開店門，把紙貼在門

上。他轉過身，忽然看見前面走來一個怪物。這怪物走路一高一低，頭上還戴着一頂高高的白色帽子。等怪物走近一看，咦，那不是八爪魚嗎？

原來，那根本不是什麼白帽子，而是一摞白色的瓷盤。

八爪魚把盤子頂在頭頂上，用兩隻細長的手臂扶着，另外六隻用來走路。他一顛一顛地走着，走得還挺快。

鼴鼠先生見了，忍不住笑出了聲。

八爪魚說：「鼴鼠先生，實在對不起，昨天不小心把你的盤子全給砸了。我今天一大早就去買來還你，不會影響你營業吧？」

「不會，不會。小八爪魚，你想得

太周到了。」鼴鼠先生一邊說，一邊撕下剛貼在門上的紙條。

有了盤子，鼴鼠先生的無名餐館又能營業了。

鼴鼠先生在廚房裏面又煎、又炒、又煮，小八爪魚在店堂裏幫小鼴鼠一起當服務員。

八爪魚用兩隻手臂走路，另外六隻用來端菜。每隻手臂上托着一盤熱氣騰騰的菜，一下子能送上六盤菜，動作麻利極了。

顧客們看了都嘖嘖讚歎，簡直就像在欣賞精彩的雜技表演。小八爪魚的這一絕招，吸引來許多顧客，無名餐館馬上生意興隆起來，大夥都想開開眼界，看看八

爪魚這一手絕活。

　　鼴鼠先生更是喜出望外。他和八爪魚商量了一下，就把他的「無名餐館」改成了「八爪魚餐館」。

　　從此，「八爪魚餐館」聲名遠揚。

從井裏撈出來的寶貝

　　那一天，八爪魚在海邊沉思。他在構思一首小詩，因為大海太美了，他要抒發一下自己的情感。可是，從遠處傳來的嘈雜聲，打斷了他的思路。八爪魚無法完成他的詩作，就爬去看熱鬧。

　　原來是一隻小豪豬在打水時，不小心把一隻小木桶掉到井裏去了，着急地哭了起來。小刺蝟在一邊安慰他，小豪豬抽抽搭搭地說：「我的小木桶是向兔子大嬸

借的，沒有了木桶，兔子大嬸以後怎麼從井裏打水呢？」

八爪魚看着豪豬可憐的樣子，不由得心軟了，說：「小豪豬，別傷心，也許我能幫你呢！」

「你怎麼幫？」刺蝟不相信地說，「這是井，又不是大海，你儘管有八隻手臂，可是它們都不夠長，伸不到井裏去的。」

八爪魚笑了笑，說：「你們沒有看過書上寫着嗎？有人曾經用細繩子拴住我們，放到水中，專門打撈沉船裏的古老瓷器呢。我們會用手臂上的吸盤，緊緊吸住瓷器的。」

「真的嗎？」小豪豬樂了，「那我也去找根繩子，請你幫我打撈木桶好嗎？」

「我也是這個意思。」八爪魚點點頭說。

小豪豬找來了細繩，拴住八爪魚，把他放入深深的井中。

不一會兒，八爪魚就找到了小木桶。他用手臂上的吸盤吸住了小木桶，豪豬提起繩子，小木桶也跟着出了水面。

撈起了木桶，八爪魚說：「下面還有東西，請再放我下去。」這次，八爪魚撈起來的，是小刺蝟的爺爺在多年前掉下去的陶罐。

小刺蝟抱住滿是泥漿的陶罐說：「這可是我們家的傳家寶呢！」

八爪魚又下去了一次，這次打撈上來的是一個圓圓黑黑的東西。小豪豬趕快

用木桶打上水來，把這個東西沖洗了一下，這是一隻潔白的瓷盤，瓷盤的中間畫着一條八爪魚，一條又漂亮又神氣的八爪魚。細心的小刺蝟一數，盤上的八爪魚只有七隻手臂。

小八爪魚一看，激動極了，說：「啊，這是我光榮的祖先七爪魚，他勇鬥鯊魚時斷掉了一隻手臂，但是後來一直沒

有再長出新的。他是我們家族的驕傲。」

「真了不起！」小豪豬和刺蝟驚歎着。

「我從前聽爺爺講過他的故事，今天總算見到我英勇祖先的畫像了……」八爪魚撫摸着瓷盤，高興地説。

小八爪魚興奮地捧走了瓷盤，他要把瓷盤高高地掛起來，讓所有的親戚和朋友，都來瞻仰這位英勇的祖先——

一位勇鬥鯊魚的七爪魚！

岩石上的八個畫架

　　八爪魚一大早就醒來了。這是一個涼爽的夏天的早晨。八爪魚坐在那塊他最愛坐的岩石上面，在岩石上支起了一排排用來寫生的畫架，畫架上放着一塊塊畫板。

　　一隻小螃蟹感到奇怪，問道：「八爪魚先生，今天要有一羣畫家來畫畫嗎？他們是誰呢？」

　　「不。」八爪魚把畫架放端正，說，「今天就來一位畫家，他已經站在你

的面前了。」

「你説的畫家是你自己嗎？」

「當然！」

「可是……為什麼要放上幾排畫架呢？」

「請你看看我有幾隻手臂？」

「八隻。」小螃蟹數了數四周的畫架，也正好是八個，他驚訝極了，「你能用八隻手臂同時畫畫嗎？」

「這有什麼大驚小怪的呢？」八爪魚自豪地回答着小螃蟹的提問，開始往顏料板上擠顏料。

小螃蟹不作聲了，聚精會神地看着，他要看八爪魚怎樣用八隻手臂同時作畫，這太不可思議了！

八爪魚做好了一切準備，開始欣賞起海灘上的風景。他睜大着眼睛仔細地看着，還不時地轉動着身子，偶爾還會發出一聲發自內心的讚歎。他用手臂在眼前搭成一個小框，朝框內凝視半天，然後說：「這真是一幅絕妙的畫！」

　　四周安靜極了，只有大海的波濤聲和從遠處傳來的一兩聲海鷗的鳴叫聲。要是你仔細聽的話，還能聽到小螃蟹輕輕地喘息聲⋯⋯

　　小螃蟹看得太專心了，他看着八爪魚的八隻手臂上，抓着八枝畫筆，他把筆蘸上顏料，輪流往畫布上輕輕地塗抹⋯⋯

　　你見過一個畫家同時畫八幅畫嗎？小螃蟹覺得自己太幸運了，他連眼睛都

不敢眨一眨，生怕漏掉點什麼。不過，他還是怪自己的眼睛太少了，只有一雙。要知道眼前出現的可是八幅畫，整整八幅。

漸漸地，畫面越來越清晰了，八張畫布上出現的是不同的顏色，不同的構圖。小螃蟹看到：第一隻手臂畫的是天空。蔚藍的天空像藍寶石一樣藍，上面飄着一朵潔白的、柔和的、像棉絮一樣的白雲。

第二隻手臂畫的是海浪。一排排活潑的，唱着歌、跳着舞的，永不疲倦的碧浪。

第三隻手臂畫的是海鷗。白色的海鷗在藍天的映襯下，飛得那麼悠閒、高雅。

第四隻手臂畫的是金色的海灘。黃金一樣的海灘是那麼柔軟、舒展、開闊。

第五隻手臂畫下了海灘上的兩行腳印，兩行細細長長的腳印。你可以看出，這是母親和孩子手牽手走過海灘時，留下的頗具詩意的腳印。

　　第六隻手臂畫的是幾隻美麗的貝殼。

　　第七隻手臂畫的是小娃娃們在海灘上造的一間小房子，沙做的小房子。

　　第八隻手臂畫的是大海遠處的一片小白帆。晃晃悠悠的小白帆，正飄向遠處……

　　小螃蟹看得如癡如醉，他忍不住嘖嘖稱讚起來：「多麼美的八幅畫，一組最棒最棒的海洋系列畫！」

海洋系列畫展

　　八爪魚要舉辦海洋系列畫展了。他畫的八幅畫命名為《雲朵》《海浪》《白鷗》《沙灘》《腳印》《貝殼》《房子》《白帆》，一一懸掛在展覽大廳裏。

　　畫展轟動了整個海灘。大夥都想來看看八爪魚利用八隻手臂，完成的海洋系列畫。

　　觀眾們都説，八爪魚不僅僅是利用他的八隻手臂，而且是投入了自己整個身

心來畫畫的。八幅畫從八個角度反映了海灘的美景，誰看了都會心醉。

熱心的小螃蟹成了義務講解員。他繪聲繪色地講述了自己當時看八爪魚畫畫時驚奇又敬佩的心情，講述八爪魚是怎麼讓八幅畫同時展現在畫布上的。

一隻小海狸，特別欣賞那幅《雲朵》。他說：「你瞧，八爪魚筆下的天空是多麼藍，而雲又是那麼白，那麼輕盈，彷彿那雲還在天上飄呢！真是讓人看不夠。」

一隻小海星，特別欣賞那幅《海浪》。他讚歎地說：「這海浪碧綠碧綠的，上面還濺着一片片白色的水花。我真想用手去接住它們！它們一定是涼涼的、

滑滑的，而且是嘩嘩會唱歌的。」

　　一隻老海龜久久地駐足在那幅《腳印》前面。他看着那兩行腳印，細細長長地向前延伸着，一直通往很遠的地方。海龜搖頭歎息着，說：「這真是一首詩，一首耐人尋味的詩，它把你的思緒，引到很遠很遠的地方。」

　　《白帆》前面，聚集着一羣少年朋友，那是小青蛙、小兔子、小松鼠，他們夢想着自己登上了那艘揚着白帆的小船，在風暴中向前疾駛着，帶他們去遠方探險。

　　熱情的觀眾，每天都擁到展覽館，看自己喜愛的畫。每一幅畫前，都有一些陶醉的觀眾，不時發出一陣陣海濤般的讚歎聲。

　　小螃蟹和八爪魚幾乎認識了每一位
觀眾，並和他們交上了朋友。

　　畫展還剩最後一天了，觀眾更加擁
擠。可是，這一天小螃蟹感到有點奇怪，
他在畫展上看到小海狸、小海星、小青蛙
和海龜……可竟然沒有看見一隻螃蟹。而

前幾天，每天都有很多螃蟹來看畫展，他們中間有老螃蟹、大螃蟹，還有小螃蟹。今天怎麼搞的，展覽廳裏除了當義務講解員的小螃蟹自己，怎麼看不到一個同伴？

小螃蟹一邊講解，一邊很納悶：是他們看膩了這些畫，不再喜歡這些畫了嗎？不可能啊，他們一直是對這些畫讚不絕口的。

就在畫展閉幕前的一刻鐘，小螃蟹終於看見一羣螃蟹擁進了展覽大廳。

原來，螃蟹家族開了一個緊急會議——他們決定籌款買下這些精美的作品，並把它們掛在大廳裏。這樣，即使在暴風雨的日子裏，在天寒地凍的日子裏，大家不能出洞的時候，也能在自己的大廳

裏看到雲朵，看到海浪，看到飛翔的海鷗和飄動的白帆……

　　當講解員的小螃蟹特別高興，因為他對這些畫的感情最深，雖然他的家族還沒來得及徵求他的意見，可他已經無比贊成。

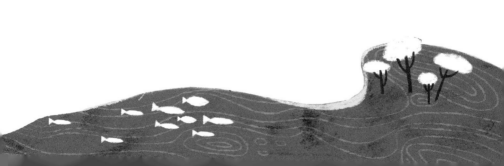

載歌載舞的雙人組合

一天，八爪魚和小松鼠一起，在海邊的岩石上聊天。

八爪魚說：「我在這裏待膩了。」

小松鼠說：「我也是。」

於是，他們想一起結伴去旅行。去哪裏呢？八爪魚離不開海，那就沿着海邊一直走吧。

怎麼個旅行法呢？他們想好了，小松鼠愛唱歌跳舞，而八爪魚會演奏各種樂器，

那就來個雙人組合，載歌載舞的雙人組合，一邊旅行一邊演出吧！他們做了一輛小車，上面放着全部行李和樂器，出發了。

第一次登台演出，小松鼠就發現，他的朋友八爪魚真了不起，他一個人就是一支樂隊，一支非常完整的樂隊——他用兩隻手臂加嘴巴吹小號，用兩隻手臂彈鋼琴，兩隻手臂拉提琴，一隻手臂敲大鼓，最後一隻手臂搖小鈴鐺。八隻手臂全派上了用場。他的伴奏博得了滿場觀眾的喝彩。

八爪魚也非常欣賞他的伙伴。他覺得小松鼠的歌唱和舞蹈也遠比他想像的

要好，歌聲非常動聽，舞蹈也優美得體。

他倆配合得非常默契。第一次演出，他們就獲得了圓滿成功。他們每到一處，都會聽到「再來一個」的喝彩聲。

他們沿着海邊，跑到第五個地方演出時，八爪魚病倒了，因為他一個人要演奏那麼多的樂器，太累了。

小松鼠心裏很難過，他覺得自己應該幫八爪魚分擔一些事情，可是他不像八爪魚有八隻手臂，沒法同時幹那麼多的事。但他突然想到：我雖然沒有八隻手臂，可我有八爪魚沒有的東西。我除了有兩隻手以外，還有兩隻腳，還有尾巴。再說，我頭上還有兩隻尖耳朵呢。八爪魚腦袋光溜溜的，可沒有耳朵啊！

於是，小松鼠背着八爪魚偷偷地練習起演奏樂器來，一連練了好多天。這時，八爪魚的身體也好了。

在又一次登台演出的時候，小松鼠對八爪魚說：「八爪魚兄弟，今天我來伴奏，你來唱歌跳舞，唱歌跳舞比伴奏要輕鬆一些。以後我們輪流來伴奏吧，伴奏太辛苦了！」

「你？」八爪魚瞧瞧小松鼠說，「你能行嗎？你能同時演奏那麼多的樂器嗎？」

「上台你就知道了！」小松鼠說。

上台之後，小松鼠的脖子上掛着一個小架子，上面放着一隻口琴，他低下頭來就能吹到口琴。兩隻手彈吉他，兩隻腳敲小鼓。尾巴呢，可以打大鼓。最有趣的，

是他的一對尖耳朵上，還掛着一對小鈴
鐺，一搖頭，就能發出「叮噹」的鈴聲。

八爪魚覺得自己的朋友太了不起了，於
是他跳得特別賣力。他用八隻手臂來跳舞，
看得大家眼花繚亂，他的歌也特別動聽。

小松鼠心想，以前真埋沒了八爪魚
的歌舞才能。

至於觀眾們呢，一陣陣地歡呼——

「了不起的雙
人組合！」

「頂頂棒的雙
人組合！」

救魚的英雄

　　天氣悶熱，八爪魚來到海邊的小溪旁乘涼，蘆葦在溪邊沙沙地唱着歌。八爪魚在蘆葦叢中走來走去，這兒太陽曬不到，他感覺很涼爽。

　　忽然，他聽到一陣窸窣聲，只見一條魚跳出了水面。悶熱的季節，魚打個挺，跳出水面吸一口氣是常事。可是，今天的這條魚跳得真高，跳到了柳樹梢頭，真了不起。

　　可是魚跳上去，怎麼不落下來呢？

八爪魚仔細一看，魚的嘴上有一根線鈎着呢！

糟糕，這條魚讓釣魚人給釣着了。

八爪魚悄悄地撥開蘆葦叢一看，果然，有個大胖子，正在溪邊上握着釣魚竿哈哈大笑呢！

釣魚人把魚從釣鈎上取下來，扔進了身邊的一隻竹簍裏，得意地說：

「今天運氣真好，這是第六條了！」

就在魚掉進竹簍的那一刻，八爪魚看見魚的嘴巴在一張一合，不知他是喘不過氣來，還是在喊救命。

一想到這小小的竹簍裏，裝着六條這樣可憐的魚，過不了多久，他們就將被刮去魚鱗，扔進油鍋裏，八爪魚心裏直發毛，他的眼睛也有點濕潤了。「我得救他們出油鍋！」憐憫之心使得八爪魚變得勇敢起來。

八爪魚冒着危險躡手躡腳地向竹簍邊走去。八爪魚終於挨着竹簍了。他屏着氣，把長長的手臂伸進竹簍。竹簍裏的魚劈啪直跳，幸好這時釣魚人正在得意地吹着口哨，口哨聲蓋住了魚蹦跳的聲音。

「別跳，別跳，我是來救你們的。」八爪魚輕輕地說着。一條，兩條，

三條⋯⋯六條魚都被他抱了出來。他緊緊地抱着這六條魚，悄悄地走到溪邊，把魚一股腦兒都放走了。八爪魚躲在蘆葦叢後面，掩嘴直笑。

這時，不知怎麼的，釣魚人突然想起竹簍裏的魚了，便伸手進去一摸，但什麼也沒有摸到。釣魚人疑惑了。

他把竹簍拿到耳朵邊使勁搖，除了搖出幾顆水星星，什麼也沒有。

「奇怪，魚到哪裏去了？」釣魚人拚命地拍打着竹簍，什麼也拍不出來。釣魚人惱火了，他說：「是竹簍子吃了我的魚嗎？」

八爪魚在蘆葦後面笑着說：「是的！」

「是的？」釣魚人有點不相信自己

的耳朵，他用腳踩扁了竹簍子，把它拆成一塊一塊的，裏面什麼也沒有。釣魚人愣了半天，又開始釣起魚來。

啪！又是一條大魚被甩上了岸。這次，他用一根細草穿在魚嘴巴上，把魚吊在身邊的柳樹枝上，說：「看你還往哪兒跑！」

魚在樹枝上扭動身子掙扎着。釣魚人又回過頭去釣魚了。

八爪魚悄悄地向釣魚人身邊的柳樹爬去，他爬到樹枝上，剛想伸手去救那條魚，啪的一下，他被一隻大手抓住了。

「哈哈，我說呢，是誰來偷我的魚兒？原來是一條小八爪魚！你不在海裏好好待着，爬上岸來幹壞事！」

「不，我幹好事！」八爪魚倔強地説。

「好啊，好一個救魚的英雄。今天我要讓你和我釣起的魚一起下油鍋！」釣魚人收拾起魚竿，用草繩拴着八爪魚和那條大魚回家了。

騎在貓背上的勇士

　　倒霉的八爪魚被釣魚人捉住了。

　　釣魚人回家後把八爪魚和那條大魚一起扔進了屋裏的一個大木桶裏，並在桶上蓋了蓋子。釣魚人拿起一把菜刀，到院子裏磨刀去了，他還在惋惜被八爪魚放掉的六條魚，把刀磨得霍霍直響。

　　木桶的壁雖然很高、很滑，可這難不倒八爪魚。八爪魚的手臂上有吸盤，他吸住桶壁，使勁往上爬，一直爬到木桶

口，他用力頂木桶上的蓋子。

使勁，再使勁，撲通一聲，蓋子落地了。

八爪魚朝四周一看，屋子門口趴着一隻貓，她一定是在等着吃魚肚腸呢。

木桶邊上，斜靠着釣魚竿，竿上的線和魚鈎還在。八爪魚低頭一瞧，桶裏的大魚已經翻起白肚皮，死了。八爪魚回到桶底，對魚說：「現在只好請你來救我了！」

八爪魚抱起死魚，又爬上木桶，把魚嘴重新鈎在魚鈎上。他想幹什麼呢？

原來，八爪魚想，要是自己從屋子裏逃出去，必定要經過院子，釣魚人正在院子裏磨刀，自己是逃不過他的眼睛的。再說，自己跑的速度也沒有釣魚人快，會

被捉住的。因此，八爪

魚想，得用最快的速度衝出屋子和

院子，讓釣魚人趕也趕不上。

　　可是怎麼個跑法呢？八爪魚想，要

是有一匹馬就好了。眼前沒有馬，就是有

馬他也騎不上去。突然，他想起了門邊上

的那隻貓。那不是一匹很好的「馬」嗎？

八爪魚想出了把魚鉤在魚鉤上的辦法，他

把釣竿伸到貓的身邊。貓看到空中飛來了

一條魚，非常高興，猛地撲了過來。

八爪魚把魚慢慢地收回到木桶邊，貓也追到桶邊。趁貓不備，八爪魚一下子跳到了貓的背上，他斜拿着釣竿，掛在鈎上的魚，就在貓的鼻子前晃悠。

貓使勁向前追，而釣竿上的魚始終晃在貓的鼻子前。

八爪魚就是騎在貓背上的勇士，手裏揚着的釣竿，就像條鞭子。

貓傻乎乎地追着眼前的魚，一陣風似的衝出屋子，衝出院子。

正在院子裏磨刀的釣魚人，看傻眼了，他舉起菜刀，不由得喊了一句：「好一個騎在貓背上的勇士！」

奶糕真好，媽媽真好

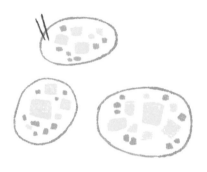

　　八爪魚和小白兔在山坡前的叢林裏，玩捉迷藏的遊戲，他們玩得很高興。輪到八爪魚藏起來了。

　　八爪魚想，藏在草叢裏，藏在樹背後，都瞞不過小兔子，他的眼睛好極了。八爪魚抓了抓頭，朝四周瞧了一下，就藏進了山坡邊的一個山洞裏，心想，這樣小白兔一定找不到他了。

　　可就在這時，聽到轟隆隆一陣響，

山上有一塊大石頭滾了下來。咚，石頭掉在山坡前，把小白兔嚇了一大跳。

小白兔擔心地直叫：「八爪魚，你躲在哪裏，石塊砸着你了嗎？」

「小兔子，我在這裏。石塊沒傷着你吧？」

小兔子側着耳朵一聽，聲音是從石塊後面的山洞裏傳來的，他急了，説：

「小八爪魚，我沒什麼。可你怎麼辦呢，石塊把山洞口堵死了。」

「不怕，我有辦法出來的！」

小八爪魚身體軟得沒有骨頭，他把自己肚子裏的氣全放了，可以把身子弄得扁扁的，像一張紙。他屏着氣，從石頭和山洞壁中間一條細細的縫中，慢慢地鑽了出來。

八爪魚爬出山洞，又恢復了老樣子。他朝小白兔做了個鬼臉，他們兩個都哈哈地笑了起來。

小兔子說：「八爪魚，你真是個了不起的魔術家！」

天色晚了，該回家了，小白兔和八爪魚在路上一前一後地走着。小白兔走過

豪豬大嬸家的門口，看見那裏圍着不少人。小兔子好奇地過去一看，豪豬大嬸正在着急地撞着門，門裏面傳來小豪豬驚慌的哭叫聲。

剛才，豪豬大嬸在屋子裏餵小豪豬吃奶糕，沒餵上幾口，她去門外拿東西，突然一陣風吹來，把門給關上了。豪豬大嬸正好身上沒帶鑰匙，沒法把門打開。

小豪豬還是個小寶寶，自己不會開門，這下可把豪豬大嬸給急壞了。門裏，小豪豬又哭又鬧。門外，大夥也替豪豬大嬸着急。沒有鑰匙，誰也打不開門。

小白兔走上前，請豪豬大嬸朝邊上讓一讓，他低下頭，朝門下看看，説：「別着急，這兒有條縫，也許能進去。」

「開玩笑。」小刺蝟説，「我們又不是一陣風，誰能從門縫裏鑽進去？」

「也許小兔子的影子能鑽過去！」小松鼠挖苦了一句。

「這難不倒我的朋友，他不是影子不是風，但他確實有這個能耐過去。」小白兔找來了八爪魚，請他幫幫豪豬大嬸的忙，救救小豪豬寶寶。八爪魚朝地下的門縫瞧了瞧，屏住氣，慢慢地，一點一點地，就從門縫裏爬了進去，大家全都看傻了眼。

八爪魚進了門，馬上打開了鎖。豪豬大嬸進門抱起了小豪豬寶寶。她太感激八爪魚了，一定要謝謝能幹的八爪魚。

豪豬大嬸對八爪魚説：「讓我做點

好吃的點心來謝謝你和小白兔吧！」

八爪魚說：「謝謝，我們不想吃點心，不麻煩你了！」可是豪豬大嬸一定要做。

八爪魚望着桌子上已經冷了的奶糕說：「如果您一定要做，就做一點點奶糕給我吃吧。我好想嘗嘗奶糕是什麼味道的。」

「是啊。」小兔子說，「要是可以，我也想吃點奶糕。」

豪豬大嬸一聽樂了，她馬上做了三碗奶糕，一碗給八爪魚，一碗給小兔子，還有一碗呢，給她的小寶寶。

八爪魚吃了一口甜甜香香的奶糕，說：「奶糕真好吃，我好像想起了小時候媽媽的樣子。」

小兔子呱呱嘴説：「是啊，我好像又聞到媽媽身上好聞的味道了。」

兩個小傢伙邊吃邊望着豪豬大嬸，她正在用奶糕餵她的小寶寶。小寶寶很貪饞地一口一口地吃着。

小八爪魚和小兔子又一次讚歎：「奶糕真好，媽媽真好！」

尖尖嘴鱷魚完蛋了

　　平靜的小河裏游來了一條尖尖嘴鱷魚。起先，大家誰也沒有留意。就像從遠方游來一隻烏龜，或者一隻河狸一樣，大家都把他當作客人看待。

　　可是，沒有多久，這條尖尖嘴鱷魚就反客為主了。他成了這條小河裏的霸王，開始在這裏欺負起小動物來。他追趕青蛙，撕咬河狸，還吃了一隻來河邊喝水的小兔子。

他還看中了在河邊樹上蹦來跳去的小猴和松鼠，幾次甩起尾巴，想把小猴和松鼠掃下水面，當點心吃了。幸虧小猴和松鼠機靈，每次都躲過了，尖尖嘴鱷魚掃下來的，只是幾片樹葉子。

這樣一來，沒誰再敢往小河邊去了，平靜的小河成了恐怖之河。

怎樣趕走這個壞蛋呢？大夥想了很多辦法，可都用不上。比如，小青蛙想過，等鱷魚嘴張大了，在他嘴裏塞進一根豎着的棍子，讓他嘴巴合不攏，活活餓死他。可是誰來幹這事呢？鱷魚會乖乖地張大嘴巴，等別人往他嘴巴裏塞棍子嗎？

後來，大夥請牙醫河狸大夫來對付他。等鱷魚來張大嘴巴看牙痛病的時候，

讓河狸大夫給他塞進一根棍子。

　　誰知道，尖尖嘴鱷魚的牙齒結實得像鐵做的一樣，牙醫河狸非但沒有機會給鱷魚看牙病，反而落進了鱷魚的嘴裏，鱷魚用尖利的牙齒把這位牙醫給吃掉了！

　　大夥再也沒法，只好去請聰明勇敢的八爪魚幫忙。八爪魚聽了朋友們原先想的

往鱷魚嘴裏豎木棍的辦法，笑得直不起腰來，說：「你們把事情想得太簡單了！」

八爪魚爬到了河邊的一棵大樹上，躲在那裏整整觀察了一天鱷魚的所作所為。最後，他爬下樹來，對急切等待着的朋友們說：「我們不能讓他張嘴，就讓他閉嘴！」

這算什麼話？大夥都聽不懂。打這一天開始，八爪魚就躲得離小河遠遠的。他每天都在鍛煉身體，他為自己做了八個石頭啞鈴，每天舉起放下，苦練臂力。他還每天練習擴胸運動。

大夥不明白，八爪魚這是幹什麼？一個星期過去了。八爪魚練得臂粗胸闊，他說：「行了，我們為受害者報仇的時候

到了。」

八爪魚爬上了樹，開始偵察起尖尖嘴鱷魚的行蹤來，又一連偵察了兩天。

第三天，八爪魚提着一根長繩，對小猴和松鼠説：「我們出發吧。」

他們來到小河轉彎處的一棵大橡樹下，大橡樹長得枝粗葉茂。八爪魚説：「尖尖嘴鱷魚每天中午都在這棵大橡樹下打瞌睡，我們要叫他在這兒完蛋。」

八爪魚和小猴、松鼠爬上了樹。八爪魚用繩子拴住了自己的腰，悄悄躲着。

沒過多久，尖尖嘴鱷魚吃飽了肚子，在大樹下的河面上，打起了瞌睡。尖尖嘴鱷魚緊閉着眼睛，露在水面上。

八爪魚請小猴和松鼠提着繩子，把

他慢慢地放到河面。

　　小猴和松鼠緊張得心都快跳出來了。細繩一點一點放長，八爪魚離尖尖嘴鱷魚越來越近。

　　最後，八爪魚到了尖尖嘴鱷魚的尖嘴上方，他一揮手，小猴和松鼠把繩子猛然一鬆，八爪魚一下子掉在了鱷魚的尖嘴巴上。

　　沒等鱷魚弄清是怎麼回事，八爪魚就張開八隻手臂，緊緊地抱住了鱷魚的尖長嘴巴，還堵住了鱷魚嘴巴上方的兩隻鼻孔。

鱷魚透不過氣來，他想張嘴，可是嘴巴像被繩子緊緊捆住了一樣，怎麼也張不開。

尖尖嘴鱷魚朝左邊翻了十六次身，又朝右邊翻了十六次身，八爪魚一直堅持着。沒過多久，尖尖嘴鱷魚就肚子朝天，悶死了。

一直過了好久，八爪魚弄清尖尖嘴鱷魚不是裝死，而是真的完蛋了，他才爬到鱷魚翻起的肚皮上。八爪魚已經累得沒有一點力氣了。

大夥用繩子把八爪魚拖上了岸。朋友們使勁地親着八爪魚，親得他一頭一臉都是口水。

搶收玉米棒

接連幾個陰天，終於有了一個好天氣。

八爪魚準備好好放鬆一下自己的身體，運動一下。他走出門，看見前面有幾隻松鼠好像正在進行負重比賽。大概有五隻吧，他們每人扛着一個大玉米棒，氣喘吁吁地奔跑着，有兩隻小一點的松鼠快累趴下了。

「你們這是在鍛煉身體嗎？」八爪魚對領頭的一隻松鼠說，「你們這是在折

磨自己！」

「老天，我們哪有閒工夫來鍛煉身體？我們是在拚命，拚命幹活。」松鼠喘着氣回答。

八爪魚問這是怎麼回事。原來，松鼠們都住在森林邊的一棵老松樹上。在離森林不遠的地方開了一塊荒地，種了好多玉米，因為他們很喜歡吃玉米。

玉米長得很茁壯，結了很多玉米棒。現在玉米棒成熟了。

可就在今天早上，山雀大嬸給他們帶來一個讓人吃驚的消息。

昨晚，山雀大嬸在老熊家的窗前，聽狗熊一家在談論森林邊上的那塊玉米地，他們準備明天晚上，全家出動，把地

裏的玉米搶收回家。

　　五隻松鼠能不着急嗎？可憐的是他們力氣太小，跑半天才能搬一個玉米棒回家。那麼多玉米棒什麼時候才能收完？要知道，到了晚上，這些勞動果實就歸別人了。

　　八爪魚聽了，扭頭想了半天，說：「山雀大嬸還在樹上嗎？」

　　「在！」一隻松鼠說，「我剛才還看到過她。」

　　「好，你們把這五個玉米棒借給我，你們上樹去把山雀大嬸請到我這兒來。」

小松鼠們把扛着的五個玉米棒交給了八爪魚，就上樹去了。不一會兒，山雀大嬸來到八爪魚身邊，八爪魚和她咬了一陣耳朵，山雀大嬸就飛走了。

八爪魚在老松樹下玩起了扔玉米棒的遊戲。他用八隻手臂一個接一個地扔起來。玉米棒在他的手中飛上飛下，轉着圈兒。

山雀大嬸叫來林子裏所有的朋友，來看八爪魚的精彩表演。五個飛轉着的玉米棒，看得大夥眼花繚亂。接着，玉米棒越飛越高，飛到了松樹的樹杈上。那裏，小松鼠們正張開口袋等着呢。一、二、三、四、五，五個玉米棒一個跟着一個飛進了口袋。

八爪魚拍拍手說：「玉米棒沒了，你們還想看的話，快去松鼠的玉米地裏，把那裏的玉米棒全掰下來，送到這裏，我再表演給你們看。」

不一會兒，大夥兒就把玉米棒又運來了。八爪魚揀起八個玉米棒，又使勁扔了起來。八個玉米棒被扔成了一個圓圈，圓圈越來越朝上，不一會兒又到了松樹的樹杈上。

那裏，五隻小松鼠還在張開口袋等着。一、二、三、四、五、六、七、八，八個玉米棒就跟商量好似的，一個一個鑽進了口袋。松鼠們紮緊口袋，把玉米棒搬進窩裏。

松樹下面響起熱烈的掌聲，又有八

個玉米棒送到了八爪
魚的手裏，八爪魚又
使勁扔了起來。不一
會兒，八個玉米棒又飛
進了松鼠們的口袋，八爪
魚越扔越起勁，地面上的玉米
棒不斷減少。

　　大夥兒越看越入迷，越看越
高興，掌聲、笑聲不斷。這當中，
只有狗熊一家五口的表情最尷
尬，他們看着一個個胖墩墩、
香噴噴的玉米棒，飛進
了樹上小松鼠們張開
的口袋。五隻熊饞得
直淌口水……

八爪魚的吊牀

兔媽媽養了六個小寶寶。六個小寶寶都長得白白胖胖的，又活潑又可愛，誰見了都喜歡。

有一天，兔媽媽領着六個兔寶寶，在河邊的那塊草地上吃草，青草又嫩又香，兔媽媽看着寶寶們吃得很開心，心裏挺高興。

突然，從草地裏蹦出一隻大灰狼。大灰狼問兔媽媽：「你知道這塊草地的名

字嗎？」

兔媽媽説：「不就叫河邊的草地嗎？」

「不對！」大灰狼惡狠狠地説：「這塊草地叫『世世代代屬於狼的領地』。你和你的寶寶，今天在我的領地上吃了草，你得為此付出代價。」

兔媽媽説：「胡説，我從來沒聽説過這是狼的領地，我們世世代代都在這裏吃草。」

「好！」狼説：「我不和你爭論，晚上我會拿證據給你看的。你等着吧，我看完電視後，就會上你家去的。」

「不准你來，你這不講理的壞蛋！」

「我不是壞蛋，我是一隻善良的

狼，我不想吃你，你太老了。我只想領走你的三個寶寶，你有六個孩子，而我卻一個也沒有，送三個給我吧，我會好好養活他們的。」狼説完話，惡狠狠地看了看草地中間的六隻小兔子，就轉身走了。

兔媽媽害怕極了，趕快帶着六個孩子回家，她一邊走，一邊傷心地哭了起來。

半路上，兔媽媽碰到了八爪魚。八爪魚驚奇地問兔媽媽：「你為什麼這麼傷心？」

兔媽媽把發生在河邊草地上的事講了一遍，她説：「我怎麼是狼的對手？他會對我的孩子們下毒手的。」

「不用擔心。」八爪魚想了一下

說，「我會來對付他的。」

「可你也不是他的對手啊！」兔媽媽擔心地說，「我不想連累你。」

「放心吧，我對付得了。」八爪魚說，「大灰狼是說晚上看完電視來你家嗎？」

兔媽媽點點頭，她又傷心地哭了。

八爪魚回到家裏，想着怎麼對付這隻惡狼。他拿起報紙，要看看今晚電視有什麼節目，為什麼那麼吸引大灰狼。

今晚電視節目有恐怖片《吸血毒蜘蛛》。

「有了！」八爪魚使勁拍了一下自己的腦袋，得意地說。八爪魚拿着一捆東西，高高興興地去了兔媽媽的家。

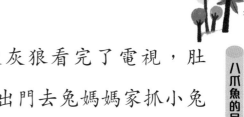

　　到了晚上，大灰狼看完了電視，肚子也有點餓了，他出門去兔媽媽家抓小兔子。篤篤篤！大灰狼敲敲兔媽媽家的門，沒有動靜，他就大膽地把門推開。

　　「誰？」屋子裏傳出怪怪的聲音。

　　大灰狼抬頭一看，只見屋子中央，掛着一張大網，大網中間，有一隻墨黑的大蜘蛛，大蜘蛛有一對令人恐怖的發亮的眼睛，還有八隻毛茸茸的長腿。

　　天啊，這不是剛才電視裏的那隻吸血毒蜘蛛嗎？蜘蛛說：「是誰來到我的朋友小兔子家？我在為兔子看家護院，是給我送點心來的嗎？」

　　大灰狼嚇得腿都軟了，他瞪大眼睛看看，這真是一隻有着八隻長腿的黑色毒

蜘蛛，他搞不清大蜘蛛是怎麼和兔子交上朋友的。趁大蜘蛛還沒有撲過來，他趕快撒腿跑了，再也不敢來兔媽媽家了。

「大蜘蛛」笑了，他拿下屋子中央的那張網，原來那是一張用繩子編的大吊牀。

兔媽媽感激地説：「八爪魚，謝謝你嚇走了大灰狼，你真聰明。

天晚了，你就睡在我們家吧！」

「不，我自有睡處。」八爪魚去海裏洗淨身上塗的黑墨、眼睛周圍塗的螢光粉，和粘在腿上的細草棍。他把吊牀吊在小兔家門前的兩棵大樹中間，美美地睡了。

月光照在吊牀上，八爪魚做了一個非常有趣的夢，他笑得很開心……

捉拿兇犯一名

一天清早，八爪魚和小兔子在路上相遇了。他們都是去鴨子姐姐家的，鴨子姐姐今天過生日，邀請他們兩位去做客。

八爪魚和小兔子一路上又説又笑。八爪魚背着照相機，他們還準備和鴨子姐姐一起攝影留念呢。

忽然，他們發現前面樹林裏有個黑影子在晃動。他倆趕緊躲在一邊，仔細張望。原來是一隻獨眼狼在一蹦一跳地走

着，嘴裏還不住地嘀咕着：「嗨嗨，今天小鴨子過生日，她一定準備了好吃的。讓我去她家燒上一鍋開水，把鴨子燙一燙，拔去毛，燒一個白煮鴨，再加上其他美味，夠我飽餐一頓了。」

八爪魚和小兔子被嚇壞了。怎麼辦？狼肯定跑得比他們快，狼又兇狠又殘暴，鴨子姐姐該遭殃了。要去通知鴨子姐姐一聲也來不及了。

八爪魚使勁抓抓腦袋，和小兔子咬起了耳朵。小兔子聽一句點一下頭，還不住地問：「能行嗎？能行嗎？」

「當然能行！」八爪魚有把握地說。

當他們來到鴨子姐姐家門口，發現

門已經被關得緊緊的，屋子裏傳來鴨子姐姐嘎嘎的慘叫聲，還有獨眼狼沙啞的講話聲：「喊誰也沒用，門被我鎖緊了，我這就燒開水，讓你洗個開水澡。」

果然，沒多久，房頂上的煙囪開始冒煙了。八爪魚二話不說，舞動八隻手臂使勁往房頂上爬。

小兔子在屋子前抬頭看看，八爪魚越爬越高，不一會兒就爬到了房頂上，接着又爬到煙囪頂上。他伸開八隻手臂緊緊抱住煙囪，用胖胖的身子，死死堵住了煙囪口。

不一會兒，屋子裏傳來獨眼狼的咳嗽聲，從屋子的窗縫裏、門縫裏，開始往外冒煙。煙越冒越濃，越冒越多。

又過了一會兒，門砰的一聲打開了，獨眼狼被煙嗆得使勁咳嗽，眼淚鼻涕直流，跑到屋外直喘氣。

趁這個機會，小兔子一溜煙地跑進了屋子，把門關上，解開了被綁住的鴨子姐姐。

奇怪，不一會兒屋子裏的煙沒有了，煙都沿着煙囪跑到屋子外面去了。

狼砸了半天的門也沒砸開，只好流着眼淚，不斷地咳嗽着走了。

等狼走遠了，八爪魚才走下房頂，敲開了鴨子姐姐家的門。

鴨子姐姐說：「幸虧你們來得及時，要不我就完了，生日也過不成了。我該怎麼感謝你們，

特別是八爪魚兄弟呢？」

「把獨眼狼燒的那鍋水送給我吧，也許那水還有點温吧？」八爪魚笑着對鴨子姐姐說。

小兔子伸手試了試說：「是的，水還有點温。」

「你要這水幹什麼？這可是獨眼狼用來燙我的。」鴨子姐姐驚奇地問。

「他不是沒把水燒開嗎？這水正好給我洗個澡。要不，我這樣參加你的生日宴會可不禮貌。」

這時，鴨子姐姐和小兔子才發現八爪魚渾身是土，身上還沾着不少煙灰。他們趕緊為八爪魚打水，讓他舒舒服服地洗了個温水澡。然後，他們在一起又吃又

喝，舉行了一次愉快的生日宴會。他們還高高興興地拍了許多照片。

當八爪魚吃得飽飽的，離開了鴨子姐姐家以後，他走進了一片叢林。

只聽叢林裏傳來咳嗽聲，八爪魚過去一看，獨眼狼正躲在那裏，一隻眼睛用紗布罩着，另一隻眼睛呢，也被煙熏得紅紅的，腫腫的，直淌眼淚。

八爪魚說：「獨眼狼，你這是怎麼了？」

獨眼狼說：「我路過鴨子家，發現她家着火了，我幫着救火，被煙熏的！」

「你真了不起！」八爪魚舉起照相機說：「我得給你照一張相，明天登在報上，讓大

90

家知道這事。」

第二天早上，獨眼狼拿起報紙一瞧，他的照片果然登在報上，不過是刊登在「通緝犯」這一欄裏，他的照片下寫着一行字——

捉拿謀害鴨子小姐的兇犯一名。

偵探小說迷

　　不知從什麼時候起，八爪魚迷上了偵探小說，簡直到了手不釋卷的地步。他的八隻手臂上，捧着好幾本偵探書，一本看完，馬上接上一本，看得有點走火入魔了。

　　在八爪魚眼前晃動的，要不就是一羣罪犯：強盜、小偷、詐騙者、殺手、偽君子⋯⋯要不呢，就是那些高的、矮的、胖的、瘦的、叼煙斗的、拿手杖的偵探或

警長。而且，他還總是把自己幻想成一
名足智多謀的偵探，或者是智勇雙全的
警長。

　　和朋友們在一起的時候，八爪魚的
眼神也有點變了，變得那麼神秘莫測、疑
神疑鬼的。不管是小猴子還是刺蝟，或者
大狗熊，都會被他看得心驚肉跳，手足無
措，彷彿都是罪犯似的。

　　朋友們不再願意和八爪魚在一起，
都說：「和他在一起，會被嚇出神經病
來的。」

　　小兔子是八爪魚最要好的朋友，儘
管他很膽小。不過現在，他很擔心，八爪
魚老用這樣的眼神看人，不僅會嚇走朋
友，也會因長期的神經緊張，而導致自己

精神分裂的。小兔子心想，作為朋友，他必須幫八爪魚把被偵探小説繃得緊緊的神經，鬆弛下來。怎樣才能做到這一點呢？吃藥是不行的，這種病無藥可治。

俗話説，心病還需心藥治。小兔子還是想出了一個好辦法。他四處奔走，搜羅到了大批的幽默故事和笑話書。

趁着八爪魚看書累得打瞌睡的時候，小兔子把八爪魚手中的書拿了下來，給他換上幽默故事和笑話書。

情況一下子得到了改善。八爪魚從看第一篇文章起，就咧開嘴哈哈地笑個不停，他一篇接一篇，一本接一本地讀，整天笑聲不斷。這樣一來，他的神經完全放鬆了。

八爪魚看朋友的眼神也變了，變得那麼和善，那麼開心，整天樂呵呵的。朋友們覺得在他身邊很快活，因為八爪魚常會給他們講書上的幽默故事，大家聽得也樂哈哈的。

大狗熊高興地說：「八爪魚真是我們的開心果！」

可是開心了沒多久，就發生了不開心的事。先是鴨子大嬸不見了。

鴨子大嬸生了一窩蛋，準備孵出一羣鴨子小寶寶來。可是在一個晚上，她失蹤了，連一窩蛋也一起失蹤了。

第二天晚上，那隻最近老說自己肚子有點脹鼓鼓的小母雞也失蹤了。

鴨子大叔和母雞媽媽來找八爪魚幫

忙。八爪魚馬上把周圍的朋友們都發動起來，大家分頭去找。

小兔、小猴、刺蝟、大狗熊，連新搬來這裏住的黑山羊也一起去找了。他們把森林找了個遍，也沒有找到鴨子大嬸和小母雞的蹤影。

快傍晚了，八爪魚把筋疲力盡的朋友們都找來，給大夥說了一個很有趣的故事，大家聽了笑得前仰後合，忘記了一天的勞累。

這中間笑得最厲害的，是站在遠處的那隻黑山羊，他剛來不久，還很少聽過八爪魚講笑話，他笑得渾身抖動，嘴巴也閉不攏。

正當他笑得開心的時候，八爪魚走

到了他跟前，說：「黑山羊先生，你什麼時候從吃青草，改吃雞蛋、鴨蛋了？請把小母雞和鴨子大嬸交出來吧！」

大夥大吃一驚。

「別裝了，從你剛才的大笑中，我看到了你的一嘴利牙，這可是山羊們沒有的。」八爪魚舉起他剛才撿來的兩塊蛋殼說，「這是新鮮的鴨蛋殼和雞蛋殼。你搶走了鴨子大嬸和小母雞，並把她們禁閉起來，想讓她們每天下蛋給你吃，這算盤打得挺如意的。你弄來一張黑山羊皮，既可作為白天的偽裝，又可作為晚上作案時的掩護，但這瞞不過我的眼睛。你投降吧。否則我們立即把你送到動物園裏去，讓你也嘗嘗關禁閉的滋味！」

八爪魚一伸手，把黑山羊的皮給扯了下來。原來這是一隻小猞猁偽裝的。

小猞猁只好乖乖投降，並交出了被他關在山洞裏的鴨子大嬸和小母雞。小猞

狽逃離了這裏。

　　大家由衷地佩服八爪魚偵破案件的本領。

　　大狗熊也讚歎地說：「偵探小說迷是個大偵探，真了不起！」

　　八爪魚從此不僅為大夥講笑話，還講他看來的偵探故事，這讓大夥聽得真過癮。

快樂旅行團

　　森林裏發生了一件新鮮事：小黑熊買了一輛自行車。這是一輛非常漂亮的自行車，小黑熊騎着它到處遊轉。

　　自行車穿過小路，越過山坡，沿着小河，來到八爪魚的身旁。八爪魚看着自行車，羨慕極了，説：「小黑熊，讓我騎騎吧！」

　　八爪魚是小黑熊的好朋友，小黑熊當然願意讓他騎。

八爪魚騎上了車，坐在座墊上，可是他的八隻手臂，沒有一個夠得着自行車的腳踏板，怎麼使勁也沒用。

八爪魚真懊喪，小黑熊安慰他說：「沒關係的，你坐在後面，我帶你去兜風。」

八爪魚高興地爬上了自行車的後座，小黑熊帶着他飛快地騎着。他們在森林裏到處跑着，八爪魚耳邊的風呼呼地響，他高興得直拍手。一路上，小刺蝟、小青蛙、小松鼠他們，看着可羨慕了。

這一天晚上，八爪魚做了許許多多的夢，夢見自己長出了一雙長長的腿，騎着自行車在森林裏飛跑。他興奮地叫着喊着，一下子把自己驚醒了。他摸摸自己的腿，還是老樣子，不由得歎了一口氣……

八爪魚在牀上翻來覆去，睡不着覺。他想啊想啊，突然想出了一個妙招。

天亮了，八爪魚走出門去。他去河馬先生的百貨店，買了四隻小輪子，又找了一塊小木板，鋸鋸釘釘。不大工夫，八爪魚就為自己做了一輛小滑輪車。

八爪魚踩着他的滑輪車，在門前轉着圈兒。八隻手臂輪流在地上踩着，滑輪車越跑越快。八爪魚突然想起小刺蝟、小青蛙他們。八爪魚踩着滑輪車，又飛快地來到河馬先生的百貨店，買了許多輪子回家了。

八爪魚正在家裏忙碌的時候，突然聽見敲門聲。他把門打開一看，是小黑熊找他去騎自行車。八爪魚高興地説：「好

啊，我正等着你呢！」説着，從屋裏拖出一串滑輪車。他在滑輪車前拴一根繩子，掛在小黑熊的自行車後面。

小黑熊騎上自行車，車子後面拖着一長串滑輪車，就像一列火車一樣。

八爪魚在第一節「列車」上，大聲地招呼着：「伙伴們快來啊，參加我們的快樂旅行團！」

小刺蝟、小青蛙、小松鼠，還有許許多多伙伴

們都趕來了，大家乘上了滑輪車。小黑熊駕駛着列車，沿着小路，穿過森林，越跑越遠。伙伴們快樂的歌聲也越飄越遠⋯⋯

被遺忘的生日蠟燭台

　　森林裏傳出好消息，小河馬要過五歲生日了。小河馬是大家的好朋友，大夥要為他好好慶賀一下，舉行一個熱鬧的生日晚會。

　　小黑熊說：「晚會就在我剛造好的新屋子裏舉行吧，那裏又寬又大，挺合適！」

　　大夥說：「太棒了！」

　　「可是，」小黑熊抓抓腦袋說，「我那屋子裏沒燈。」

八爪魚拍拍胸脯說：「這事交給我來辦吧！」

就在這天晚上，小河馬的生日晚會在小黑熊的新屋子裏舉行了。八爪魚站在新屋子的角落裏，八隻手臂上舉着八根明晃晃的蠟燭，就像一個漂亮的大燭台。小河馬和大夥都非常感謝八爪魚，感謝他的一片好心和聰明腦袋。

　　晚會熱鬧極了，大家吃着各種美味，到處是歌聲，到處是笑聲。最辛苦的要算是八爪魚了，他舉着蠟燭，一動也不動地站着。起先，還有人記着他，往他嘴裏餵點好吃的東西。後來，高興的小伙伴們把他給忘了。八爪魚一點也不在乎，他依然高舉着蠟燭，默默地站着，彷彿和大夥兒在一起笑着、吃着、歡樂着……

　　可是最後，大夥都把八爪魚給忘了，沒有誰去招呼他一下，也沒誰想着要叫他回去，大夥都把他當作一個真正的蠟燭台了。

　　八爪魚也忘記了，等他清醒過來時，空蕩蕩的屋子裏，已經只剩下他自己了。八爪魚想回家。他放下手臂中的蠟燭，想爬起來，可是一步也走不動。他的

屁股讓淌下來的蠟燭油給粘住了，怎麼使勁也沒用。八爪魚着急了，四周沒人能幫助他。八爪魚用足了勁，還是一步也移動不了。八爪魚累了，就坐在地上睡着了。他做了一個快樂的夢，夢見小河馬的生日晚會上，大夥兒玩得真高興，他還聽見大夥唱着響亮的歌……

八爪魚睜開眼睛一看，天已經大亮了，伙伴們圍在他的身邊，正在叫他呢。大夥兒給他送來好多好吃的早點。

朋友們抱歉地說：「好朋友，真對不起，我們把你給忘了，這太不應該。我們給你送早飯來了，並且向你道歉！」

「沒關係。」八爪魚笑着說，「你們讓我做了一個非常快樂而有趣的夢！」

精彩至極的傘

八爪魚喜歡看戲，特別喜歡看浣熊小姐演的戲。浣熊小姐是森林劇團裏最著名的女演員，她演出的許多節目都曾獲得森林戲劇節的大獎。浣熊小姐就成了遠近聞名的大明星。

浣熊小姐和八爪魚是在海邊認識的。浣熊小姐每次演完戲都會來海邊散步。而喜歡看戲的八爪魚碰巧也在海邊。他每次都能為浣熊小姐的演出，做出非常

公正而熱情的評論。他既稱讚浣熊小姐的精彩演出，也能指出浣熊小姐演出中的不足，這是很難得的。浣熊小姐就把八爪魚當作最好的觀眾，她每次演出時必定請八爪魚來觀看。

這一次，浣熊小姐接受了一個新的角色，她要演一個多愁善感的女士。這個角色有非常精彩的台詞和十分複雜的心理刻畫。浣熊小姐非常喜歡這個角色。

初場演出的日子到了。劇場裏坐滿了觀眾，八爪魚坐在第一排中間，戲馬上要開演了。可是等了老半天，幕布還沒拉開。台下的觀眾等得不耐煩了。一定是碰到了什麼麻煩事，八爪魚急匆匆地來到後台。

浣熊小姐正在哭泣。因為她在第一幕劇裏要撐一把傘，站在雨中表演。可是她剛才出門時，把傘忘在家中了。沒有傘，怎麼演呢？

　　大夥和豪豬先生商量，能不能把劇本改一改，不要雨傘。豪豬先生生氣了，他豎起了渾身的刺，說：「這怎麼可以？戲中的女主角要在雨中唸一大段台詞，這是劇中最精彩的情節。沒有了傘，這台詞怎麼處理？女主角的多愁善感怎麼表達？這戲沒法改！」

　　八爪魚想了一下，對大家說：「沒關係，戲不改也能演下去，我能變一把傘出來。」

　　大幕拉開了，人們看見浣熊小姐撐

着一把美麗的傘上場了。她在浙
淅瀝瀝的雨聲中，唸起了長長的
台詞，唸得那麼動情，深深打動了所有
觀眾。

戲演完了，演員謝幕時，豪豬先生
把八爪魚也請上了場，對觀眾們説：「今
天，本劇團多了一名臨時演員，就是八
爪魚先生。他演了一把傘，真是精彩至
極！」

原來，剛才浣熊小姐拿的那把傘是
八爪魚演的。浣熊小姐手上拿的是一根棍
子，八爪魚用兩隻手臂緊緊抱住棍子頭，
伸直了另外六隻手臂，他的身上蓋着浣熊
小姐的一塊花圍巾，巧妙地變成
了一把美麗的傘。浣熊小姐舉

着它，唸完了那段精彩的台詞。

　　大夥對八爪魚報以熱烈的掌聲。

　　八爪魚對連連鼓掌的浣熊小姐説：「我今天的演技怎麼樣？」

　　「棒極了！你是最好的演員。」浣熊小姐説，「只是你太重了點，我的手臂都酸了！」

　　八爪魚聽了差點笑破肚子……

木偶劇團的打工仔

　　整個夏天，八爪魚閒得無聊，他想出門去打工。去哪裏打工呢？餐館、酒吧、洗衣店他都幹過，這次他想去一個之前沒有工作過的地方。八爪魚背着他的小包袱出發了。

　　他走啊走啊，走過許多地方，一直沒有找到他願意幹的工作。有一天，八爪魚走過森林邊的一個小鎮，小鎮邊上有個大帳篷，帳篷門口寫着：「老毛猴

木偶劇團招收助手一名，報酬從優。有意者面談。」

八爪魚心想，報酬無所謂，木偶劇團這工作自己以前想都沒想過，一定很有趣。於是他走進帳篷，找到老毛猴。

老毛猴告訴八爪魚，自己和兒子小毛猴，辦了一個木偶劇團，他們在這帳篷裏為大夥演木偶戲。可是最近小毛猴不願意再幹下去，出門旅行去了。

聽到八爪魚想來打工，老毛猴很高興地說：「這可是一個心靈手巧的活兒，你得下點功夫。」

八爪魚說：「沒說的，我幹這活準行！」八爪魚留在老毛猴木偶劇團裏幹了起來。

老毛猴的帳篷門口，有塊廣告牌，上面寫着：小木偶，真可愛，手腳會動會講話，節目真精彩！

　　過了沒幾天，八爪魚就把上面的廣告詞給改了：木偶戲，真精彩，手、腳、眼睛、耳朵都會動，天上還有彩雲飄……

　　老毛猴一看着急了，他說：「我只有兩隻手，這麼多東西怎麼動得起來？你這不是讓我騙人嗎！」

　　「不騙人。」八爪魚說，「你沒看見我有八隻手臂嗎？我倆一起來牽動木偶，能行的。」

　　廣告一傳出去，帳篷裏馬上擠滿了觀眾，大家都來看手、腳、眼睛、嘴巴、耳朵，連天上的雲彩都會動的木偶戲。

　　幕布拉開了，先出場的小兔只會手腳動。後出場的大灰狼呢，八爪魚在台後用八隻手牽動着八根線，讓大灰狼的手、腳、眼睛、嘴巴、尾巴都動了起來，就連天上的雲彩也隨着劇情的發展，飄來飄去。大夥看得直拍手，這木偶戲太棒了！

在熱烈的掌聲中，木偶劇閉幕了。

　　八爪魚和老毛猴從幕布後面鑽了出來。只見八爪魚揮動着八隻手臂，渾身汗淋淋，就像剛從海裏撈上來似的……

雪地救險

　　北風呼嘯，白雪飄飄，寒冬已經來臨。海邊的山崗上已經是白茫茫的一片。小黑熊、小青蛙、小刺蝟他們都冬眠了，其他伙伴們也都躲在家裏烤火取暖。

　　只有小兔、小猴閒不住，他們在雪地裏堆雪人、打雪仗，玩得很開心。小猴看着山崗上的雪，說：「我們玩點新鮮的吧，去滑雪怎麼樣？從高高的山上滑下來，這多刺激！」

「行，我們叫上八爪魚一起去，和
他一起玩，一定很開心。」

　　小兔、小猴來到海邊的小屋，找到
了八爪魚。八爪魚一聽很高興，但是他
說：「滑雪我不行，因為我的腿沒有骨
頭，軟軟的，不能穿滑冰鞋，穿了也不能
滑。不過我可以看你們滑，那也是很開心
的事。」說完，他們就一起上山了。

　　八爪魚坐在山頂上，看着他的兩個伙伴滑雪，他大聲呼叫着為他們鼓勁。

　　小兔和小猴越滑越有勁，越滑膽子越大，動作也越驚險。突然，小兔衝進了一個山谷，不見了。小猴在山裏找了半天也沒找着，急得哭了起來。八爪魚也着急了，看來小兔可能是遇到危險了。不趕緊救出來，她會凍壞的。

「小猴別哭了，哭也沒有用。我在這裏找，你快去找小黃狗來幫忙，我們要救小兔脫險！」八爪魚一邊尋找着小兔，一邊對小猴說。聽了這話，小猴飛也似的跑去找小黃狗了。

小黃狗來了，八爪魚還沒有找到小兔子。可是八爪魚的手臂已經快被凍僵了，小黃狗安慰他說：「別着急，讓我來找。」

小黃狗用鼻子仔細地在雪地上嗅，嗅了一處又一處，最後終於在一個雪堆上聞到了小兔的味道。小黃狗說：「小兔被這塌下來的雪埋住了！」說着，他用爪子使勁地刨雪。

八爪魚說：「小黃狗，這活讓我來

幹，我的動作快。一分鐘也不能耽擱了，我們得馬上把小兔挖出來。」

八爪魚在雪地上使勁刨了起來，他的八隻手臂飛快地舞動着，雪花在他周圍飛濺着，白茫茫的一片，小黃狗和小猴的眼睛都看花了。不一會兒，被雪堆埋着的小兔被挖了出來。

大夥緊緊地摟住凍僵了的小兔，小兔暖和過來，慢慢地蘇醒了。

這時，大夥才發現，八爪魚的八隻手臂全凍壞了。小猴和蘇醒過來的小兔，一起把八爪魚扶到小黃狗的背上，他們慢慢地回家了。

八爪魚有多少隻手

　　為了搶救被雪埋住的小兔，八爪魚的八隻手臂全被凍壞了。他被朋友們送回了家，躺在牀上一點都不能動彈。

　　河馬大夫來給八爪魚看病，給他敷了藥，還配了藥吃。河馬大夫關照八爪魚不許下地，不許幹活，得休養一陣子。

　　這可把八爪魚給急壞了，這可怎麼生活呢？

　　朋友們勸他不用着急，有大夥呢！

從這一天開始，大夥爭着來八爪魚家幫忙。小兔子挑來一擔擔海水。八爪魚連聲說謝謝，小兔說比起你救我來，這算什麼？

小猴每天都給八爪魚送來最好吃的果子，這都是他平時捨不得吃省下來的，他一定要看着八爪魚吃下這些水果才高興。

春天到了，八爪魚冬眠的朋友們醒了，他們也趕來看望八爪魚。

小青蛙送來了池塘邊剛開的鮮花；小烏龜送來了他在草叢裏採來的小蘑菇，給八爪魚燒湯喝；小熊給八爪魚端來了他自己最愛吃的蜂蜜。

伙伴們還幫着八爪魚幹活。小猴爬高爬低地擦窗戶。小兔掃地，掃得地上一

點灰塵都沒有。小熊和小梅花鹿、小松鼠一起，在八爪魚的院子裏鬆土、播種，種下了果樹和鮮花。

時間過得真快，轉眼間夏天來到了。

八爪魚在河馬大夫的精心治療和伙伴們的熱情關懷下，很快恢復了健康。他又能下海游泳了。

八爪魚看着小屋前院子裏的果樹上掛滿了紅紅甜甜的果子，鮮花送來陣陣香味。八爪魚呼吸着這甜潤的空氣，他的眼睛有點濕潤了。

八爪魚瞧了一下朋友們，說：「好朋友們，你們能猜得出我有幾隻手嗎？」

朋友們相互看了看，都覺得這個問題很奇怪，答案不是現成的嗎？八爪魚有八隻手臂，也就是八隻手啊。

「我知道你們會說我有八隻手，」八爪魚笑着說，「但是你們想一想，八隻手能幹這麼多活嗎？我要謝謝大家，是你們給了我許多手，十八隻手、八十隻手，也許還不止。」

大夥一聽樂了，都說：「應該謝謝你，是你讓我們知道了友情的重要。我們都有很多朋友，所以我們每個人都有好多隻手。」

八爪魚高興地說：「對，我們每個人都有好多隻手，因為我們都有許許多多好朋友！」

張秋生魔法童話 1

騎在貓背上的勇士

作　　　者：張秋生
插　　　圖：聶輝
責任編輯：陳友娣
美術設計：游敏萍
出　　　版：新雅文化事業有限公司
　　　　　香港英皇道499號北角工業大廈18樓
　　　　　電話：(852) 2138 7998
　　　　　傳真：(852) 2597 4003
　　　　　網址：http://www.sunya.com.hk
　　　　　電郵：marketing@sunya.com.hk
發　　　行：香港聯合書刊物流有限公司
　　　　　香港新界大埔汀麗路36號中華商務印刷大廈3字樓
　　　　　電話：(852) 2150 2100
　　　　　傳真：(852) 2407 3062
　　　　　電郵：info@suplogistics.com.hk
印　　　刷：中華商務彩色印刷有限公司
　　　　　香港新界大埔汀麗路36號
版　　　次：二〇一八年十一月初版